Lecciones de vuelo

Pirkko Vainio

Cada uno
se enfrenta
al mundo
a su manera.

A veces
nuestro pasado
nos impide ver
hacia dónde vamos.

Caer
puede liberarnos
de lo superfluo.

Nuestras sombras
se alargan según
la posición del sol.

Saltar alto
no es exactamente
lo mismo que volar.

No debemos comparar
nuestro crecimiento
con el de los demás.

Todos los reflejos
son inexactos,
pero nos permiten
fantasear.

En los momentos felices, nuestros pies son como flores.

Tener alas no implica
necesariamente
que sepamos volar…

¡todavía!

El fracaso estimula
nuestra voluntad.

El miedo
a hacernos daño
nos pone en situaciones
incómodas.

El valor
a menudo implica
ser lo bastante fuertes
como para aceptar
nuestras debilidades.

Dejarnos llevar
nos enseña el precioso
arte de aterrizar.

Luchar
por nuestra libertad
despliega todos
nuestros talentos.

Cuando
te ofrezcan ayuda,
asegúrate
de no ser la presa.

El público raramente aplaude los experimentos creativos.

Fijarse
en los demás es útil,
pero nunca pierdas
tu personalidad.

Tienes derecho
a descansar.
No te preocupes
por lo que hacen
los demás.

La paciencia
no es el camino
más rápido hacia
la cumbre,
pero mejorará
tu autodominio.

Tomar prestadas
las herramientas
de los demás
no mejorará
tus habilidades.

En lugar de pensar
en lo que te estás
perdiendo,
disfruta imaginando
lo que serás capaz
de hacer en el futuro.

No hace falta
alcanzar las estrellas,
porque soñar
te transporta al cielo.

Lecciones de vuelo

Título original: Voor wie wil vliegen

Primera edición: mayo de 2016

Publicado por primera vez
en Bélgica y los Países Bajos en 2008
por Clavis Uitgeverij, Hasselt-Amsterdam-Nueva York

© 2008 del texto e ilustraciones Clavis Uitgeverij
Todos los derechos reservados

© 2016 Thule Ediciones, S.L.
Alcalá de Guadaíra, 26, bajos - 08020 Barcelona

Director de colección: José Díaz
Diseño y maquetación: Juliette Rigaud
Traducción: Alvar Zaid

ISBN: 978-84-15357-98-8

D. L.: B-8453-2016

Impreso en Índice, Barcelona, España

www.thuleediciones.com